SUR LA ROUTE DE L'AFGHANISTAN

LINDA GRANFIELD

Illustrations de
BRIAN DEINES

Texte français d'Hélène Rioux

Éditions
SCHOLASTIC

J'aimerais exprimer ma reconnaissance aux générations de militaires canadiens et à leurs familles, ainsi qu'à Sandy Bogart Johnston qui m'a généreusement accompagnée sur les routes de l'histoire. — LG

Pour oncle Jeff, oncle Mike et Jack. — BD

Je remercie sincèrement Brian Deines et les personnes suivantes, qui m'ont offert leur expertise et leur soutien, et qui ont été une source d'inspiration pour l'écriture de ce livre : Diane Kerner, Aldo Fierro et toute l'équipe de Scholastic Canada; Dominique Boulais, Commission des sépultures de guerre du Commonwealth; Andrew Downey et sa famille; le major Sonny T. Hatton, 2e régiment, Royal Canadian Horse Artillery; la capitaine Jennifer C. Stadnyk, officière des affaires publiques, Commandement de la Force expéditionnaire du Canada; Jean Marmoreo; Rosie DiManno; et enfin, comme toujours, mille remerciements à Felicia Torchia, à Cal, à Devon et à Brian Smiley pour leur appui affectueux. — LG

Les illustrations de ce livre ont été réalisées à la peinture à l'huile sur toile de lin.
Le texte a été composé avec la police de caractères Filosofia 18 points.

Catalogage avant publication de Bibliothèque et Archives Canada

Granfield, Linda
[Road to Afghanistan. Français]
Sur la route de l'Afghanistan / Linda Granfield ; illustrations de
Brian Deines ; texte français d'Hélène Rioux.
Traduction de: The road to Afghanistan.

ISBN 978-1-4431-1357-1
1. Canada--Histoire militaire--Romans, nouvelles, etc. pour la
jeunesse. 2. Soldats--Canada--Romans, nouvelles, etc. pour la
jeunesse. I. Deines, Brian II. Rioux, Hélène, 1949- III. Titre.
IV. Titre: Road to Afghanistan. Français.

PS8563.R356R6214 2013   jC813'.54   C2013-900330-4

Édition publiée par les Éditions Scholastic, 604, rue King Ouest, Toronto (Ontario) M5V 1E1.

5 4 3 2 1   Imprimé en Malaisie 108   13 14 15 16 17

L'Afghanistan.

J'y suis allée; j'ai vu la beauté de ses montagnes et de
ses champs de fleurs sauvages.

J'ai aussi vu la guerre dans toute sa laideur et son
impact sur un pays et son peuple. J'étais militaire
là-bas. J'y suis restée pendant deux périodes de service.
Maintenant, je suis de retour chez moi.

Il y a eu d'autres soldats dans ma famille.

Quand j'étais jeune, le 11 novembre, ma sœur et moi allions au cimetière avec nos parents pour déposer une couronne de coquelicots sur la tombe de mon arrière-grand-père.

Il faisait habituellement froid et le ciel était gris.

Au cimetière, nous regardions le nom gravé sur la pierre tombale : John William Peterson.

Nous récitions une prière, déposions la couronne, puis nous retournions à la maison en voiture, généralement sous la pluie.

John William Peterson avait grandi
en Alberta, dans les Prairies. Fils d'un
fermier, il devait hériter de la terre
familiale et cultiver le blé jusqu'à ses
vieux jours.

Mais en 1914, juste avant la saison des
moissons, la guerre a éclaté en Europe,
dans des pays lointains. Le jeune John
s'est rendu à la ville avec ses amis et il
s'est enrôlé dans l'armée.

C'était l'automne. Les jeunes hommes
pensaient que la guerre serait finie avant
Noël. Ils allaient vivre des aventures
dont ils se souviendraient toute leur vie.

On l'appelait la Grande Guerre. Grande, comme si c'était une chose magnifique. Tout compte fait, elle ne l'était pas. Et à Noël, elle n'était pas finie.

John William a passé presque quatre années dans les champs boueux de France. Il a combattu dans une ville appelée Ypres. Les soldats anglophones l'appelaient « Wipers ».

Les puces qui infestaient l'uniforme de John lui causaient des démangeaisons. Il mangeait de la viande en conserve et se faisait du thé dans son casque en métal.

Il dormait dans une tranchée qui se remplissait d'eau et quand il pleuvait, les rats nageaient autour de lui.

Il tuait des soldats ennemis et craignait d'être tué à son tour.

John William Peterson n'est pas mort
pendant la Grande Guerre.

Mais par une chaude journée d'été, sur un
champ de bataille qui, avant la guerre, était
un beau champ de blé, une explosion a changé
le cours de sa vie.

Quand il est rentré chez lui, en Alberta, il
n'avait plus qu'un bras.

Parfois, en Afghanistan, le regard perdu dans le sable du désert, je pensais à mon arrière-grand-père.

Je regardais la poussière grise et le sable doré soulevés par le vent, je sentais la chaleur monter de la terre, et le jeune fermier me revenait en mémoire. Je l'imaginais, debout dans un champ de blé mûr ondulant dans le vent des Prairies.

Le garçon qui, comme moi, était allé à la guerre. Le jeune homme qui, de retour chez lui, avait dû reconstruire sa vie.

Comment aurait-il pu cultiver la terre avec un seul bras?

Il fallait atteler les chevaux aux charrues et faire fonctionner les machines agricoles.

Semer et désherber. Faucher et moissonner.

Un travail éreintant pour un homme ayant ses *deux* mains. Bien trop dur pour celui qui n'en avait qu'une.

Son frère cadet s'est chargé de la ferme. Et John William a commencé une nouvelle vie.

J. W. Peterson, épicier, pouvait-on lire sur la vitrine du commerce de mon arrière-grand-père.

Dehors, il y avait des charrettes remplies de choux. Le magasin avait d'immenses vitres. Les prix des produits étaient indiqués sur de petits écriteaux de carton.

Soigneusement empilées, des boîtes de conserve formaient une pyramide devant la vitrine. Imaginez : une boîte de fèves au lard ne coûtait que quelques sous, un sac de farine, à peine plus de vingt-cinq cents!

17

On *peut* faire beaucoup de choses avec un bras. On peut commander les marchandises et remplir les étagères dans un magasin. On peut aussi utiliser une caisse enregistreuse.

On peut trouver une nouvelle façon de nouer ses lacets, de boutonner sa chemise, de couper les aliments dans son assiette... de tenir une main.

Emma Schultz emballait les achats des clients. À la recherche d'une vie meilleure, ses parents avaient quitté l'Allemagne pour le Canada, bien des années auparavant.

Emma est devenue mon arrière-grand-mère.

John William avait découvert qu'il n'avait pas besoin de deux bras pour tomber amoureux, pour enlacer sa bien-aimée... et pour tenir un bébé.

Parfois, en Afghanistan, j'avais si peur que je sentais mon cœur battre la chamade.

Mes vêtements étaient trempés de sueur. J'entendais des cris.

Je courais me réfugier dans des bâtisses en argile, consciente du danger, espérant m'en sortir vivante.

Je ne dormais plus.

Aujourd'hui encore, même si je suis revenue chez moi, mon cœur s'emballe quand j'entends certains bruits.

Ces bruits me ramènent en Afghanistan.

Et je me demande si, autrefois, John William Peterson sentait son cœur battre ainsi, s'il avait, lui aussi, des sueurs froides.

Si nous sommes allés en Afghanistan, ce n'est pas seulement pour combattre.

Nous avons désamorcé des explosifs et rendu les routes plus sûres afin de permettre les déplacements.

Nous avons aidé les gens à construire des ponts et des écoles, et à creuser des puits. Nous avons ramené la sécurité à des endroits où les gens se sentaient en danger depuis longtemps.

Nous avons donné des bonbons aux enfants et nous avons joué et ri avec eux.

Les soldats quittent leur maison et leur famille pour aller à la guerre. Ils en reviennent transformés. Les gens qui vivent là où nous combattons souffrent. Eux aussi sont transformés. Les Français en 1914, pendant la guerre de John William. Les gens

en Italie, où mon grand-père Arthur s'est battu en 1944, pendant la Seconde Guerre mondiale. Et les gens en Afghanistan, où j'ai combattu. Nous avons tous choisi de devenir soldats pour différentes raisons. Je me demande quelles étaient les leurs. Je connais les miennes.

J'ai survécu en Afghanistan.

Mais par une chaude journée d'été, sur une route tranquille et poussiéreuse, une explosion a changé le cours de ma vie.

En marchant, je jetais des coups d'œil vers les maisons, aux aguets. J'ai aperçu des visages d'enfants aux fenêtres.

J'ai souri à un petit garçon et à une fillette. Je me rappelle que mon attirail était bien lourd et j'ai déploré, dans mon for intérieur, qu'on nous oblige à transporter tout ça alors qu'il faisait si chaud.

J'ai fait un autre pas.

Ce pas aurait pu être le dernier.

Comme Brendan, l'un de mes compagnons d'armes, j'aurais pu rentrer chez moi par l'Autoroute des héros.

Souvent, des gens se tiennent, silencieux, sur les ponts surmontant cette autoroute. Certains entonnent « Ô Canada » au passage des voitures qui transportent les cercueils des soldats.

Dans un cimetière, à Ottawa, des pierres tombales en marbre indiquent la sépulture de Brendan et d'autres soldats tombés en Afghanistan.

Au-dessus d'eux, un drapeau canadien claque dans le vent.

Comme le vent que je sentais souffler en Afghanistan.

Le 11 novembre, je me rends au monument commémoratif près de chez moi et j'assiste à la cérémonie du jour du Souvenir.

Je porte un coquelicot et je pense aux vétérans de ma famille, à Arthur, le père de mon père. Je songe aussi à John William Peterson et à la vie qu'il a construite pour sa famille et pour lui.

Tout comme eux, j'aurai besoin de courage pour refaire ma vie.

Je suis maintenant une ancienne combattante qui aura ses propres expériences à raconter, quand je serai prête. Des histoires d'une terre lointaine et de gens que je n'oublierai jamais.

Les enfants récitent « Au champ d'honneur » et déposent une couronne de coquelicots au pied du monument.

Je suis fière. Et je pleure un peu.

Juste un peu.

Le 11 septembre 2001, à New York, le World Trade Center a été attaqué et détruit par des terroristes du réseau Al-Qaïda, associés au gouvernement taliban de l'Afghanistan. Peu de temps après, des pays de l'Organisation du traité de l'Atlantique Nord (OTAN) ont envoyé des forces armées en Afghanistan pour y ramener la stabilité et mettre un terme à l'entraînement des terroristes. Le Canada a envoyé ses premières troupes en février 2002. Les Canadiens ont combattu pour reprendre des territoires aux Talibans, ont organisé des patrouilles pour rechercher des engins explosifs improvisés (EEI) et ont détruit des millions de mines antipersonnel. Pendant leurs missions, les militaires ont également favorisé l'accès à l'éducation des Afghans, et leur ont montré comment mieux irriguer leurs champs.

La mission de combat canadienne a pris fin en juillet 2011. Les Canadiens sont restés en Afghanistan dans le cadre de la mission de formation de l'OTAN pour aider à former l'armée et la police nationales afghanes chargées de la sécurité de l'Afghanistan au départ des forces de l'OTAN. Cette mission doit s'achever en 2014.

À la fin de l'année 2011, 158 soldats canadiens avaient perdu la vie en Afghanistan. L'une des victimes était la capitaine Nichola Goddard, première militaire canadienne tuée au combat. Plus de 600 Canadiens blessés au combat sont rentrés au pays.

Les blessures physiques et le stress post-traumatique dont souffrent tant de vétérans reflètent ce que les membres des Forces armées canadiennes ont connu au cours des guerres précédentes. Même si la médecine et la technologie progressent et permettent d'apporter de l'aide à nos plus récents vétérans, leurs familles et eux-mêmes auront beaucoup de choses à se rappeler, et peut-être en auront-ils encore plus à oublier.